KB236527

유태승
시집

흔들리며 핀 꽃

도서출판 북인

2026

나의 인생길에서
한때는 칭찬 한마디가
따스한 밥보다 더 먹고 싶었고

누군가의 따듯한 손길이
겨울 햇살보다 더 그리웠다
내팽개쳐진 외로움 속에서
나는 비로소 인간의 참 온도를 알았다

따듯한 아내의 손길과
사람들의 위로와 도움에 우뚝 일어섰으니
짠한 마음에 고개를 숙인다

2026년 02월
청계산 자락에서
유태승

차례

해설 상처를 보듬어 별로 새기다/ 권순자 · 111

1부

서시

어깨 위에
힘겨운 짐
황소처럼 지고 간다

땀 흘리고
물먹은 소금가마니처럼 무거워도

돌베개 베고
자는 마음으로
뚜벅이며 걸어간다

저녁 노을이 품어줄 때에야
그대 고마움에
새털처럼 마음이 가벼워진다

생의 밑바닥에서 만난 온기는

삶의 길을 걷다 보면
뜻하지 않게 발밑이 꺼지고
그곳이 끝인 줄 알았던 절벽 아래
다른 길이 숨어 있음을 뒤늦게 깨닫는다
나는 그 길을 걸어보았다

찬바람이 벽이 되고
빈 밥그릇이 거울이 되어
초라한 얼굴을 비추던 날들이 있었다
세상은 나를 외면했고
내 그림자조차 나를 버리고 달아났다

그러나 기적은 멀리 있지 않았다
쓰러진 자리에서
다시 일어나려는 눈물나는 의지
그것이 곧 기적이었다

눈물로 바닥을 닦으며 배웠다
밑바닥은 절망이 아니라
새로 태어나는 자궁이라는 것을

한때는 칭찬 한마디가
따스한 밥보다 더 먹고 싶었고
누군가의 따뜻한 손길이
겨울 햇살보다 더 그리웠다

외로움 속에서
나는 비로소 인간의 진짜 온도를 알았다

얼음장 같은 시간도
끝내 봄을 품고 있었다
누군가는 내 등을 두드려주었고
나는 그 손끝의 온기로 다시 세상을 배웠다

이제야
내가 쓰러졌던 밑바닥은
패배의 장소가 아니라
사람을 다시 빚는 가마인 것을 알았다

가장 낮은 곳에서
가장 높이 날 수 있다는 사실도 이제야 알았다

뱀내장터 우렁 소리

섣달 장날 아침
소래산 아래
누런 소들 하얀 김 뿜어내며
큰소리친다

왁자지껄 장터의 활기
막걸리잔이 날아다니고
고함소리는 소래산 등성이를 타고 올라간다

꾸불 뱀내 봄 냇가
새끼들 데리고 놀던 오리

행운이 어머니
모이통 들고 오리 불러대는 소리에
꽥꽥대며 새끼들 몰고 돌아가는
어미 오리

뱀내장터* 우렁한 소리
소래산을 쿨렁쿨렁 오른다

*뱀내장터 : 시흥시 신천동 707 일대에 소 팔던 큰 우시장 이름.

길모퉁이 별

인천 배다리 깡시장 가는
낡은 트럭에
은천참외 담은 대나무 상자
10여 개 싣는다

배고픔도 잊고
어두운 신작로 걸어
천근 무거워진 빈 지게 지고 냇둑 따라
집으로 돌아간다

배터* 길모퉁이에
앉아 바라보는 밤하늘

어두워져야 빛나는 별
나는 너무 작은 별

지게에 크고 작은 별 가득 지고
집으로 간다
나도 별이 되어 반짝이며 간다

*배터 : 시흥시 안현동 150번지 일대 먼 옛날에 배가 들어와 정박해 있었다고 함.

은계호수*

침묵의 어둠이 내려앉는
오난산** 옆 호수
맑고 잔잔한 수면

물총새가 달을 물고
호수로 날아간다

어머니 찾아 나도
날아간다

외로워서
물총새 따라 날아간다

*은계호수 : 옛날에는 '구미저수지'라고 불렀다.
**오난산 : 경기도 시흥시 은행동에 위치.

소년의 기도

소래포구
엄마와 엄지손가락만 한 게 잡던
넓은 갯벌
협궤열차가 소리쳐 부르고
갈매기들은 만선 고깃배들이 쉬게
눈을 감는다

작은 통통배가
나를 부르며 힘차게 지나가지만
소금에 찌든 검은 창고 같은 엄마는
힘에 겨워
안간힘만 쓰곤 했다

하늘이시여
저 멀리 희망 잡아오는 배들이
온 포구 가득하게 하시고
나의 강인한 엄마까지
팔 벌려 모두 품어주소서

배추 사세요

배추밭
바랭이 왕비름 풀 뽑아냈다

배추 솎아
지푸라기로 단 묶어
바소쿠리 지게에 가득 지고

한 시간 넘게 땀 흘리며 걸었다

부천 소사극장 근처 주택가 앞
'배추 사세요'
소리쳐보는데
목이 먼저 메인다

'배추 사세요'
중얼거리는데
사람들이 모여든다

겨우
밀가루 한 포대 사서 집으로 돌아왔다

고마워요

흰머리 늘었지만
이른 아침 먼 길 운전하여
출근합니다

산 위로 먼동이 터오고
잔잔히 달려드는 안개
미소 머금은 소중한 사람 곁에 있지요

이 행복이
계속되기를 간절히 바라는 게
욕심인가요

눈물 핑 돌지만
앞만 바라보며 내색 안 해요
힘들었던 사업에
인생의 동반자 당신이 있어 참 고마워요

나는 호구다

세상은 날 속이려고 하지만
나는 속지 않으려고 속는다

거절보다 미소가 익숙하고
이익보다 마음이 먼저다

사람들은 나를 호구라 부르지만
나는 안다
물이 바위를 이기듯
호구가 물이란 걸

영악하고 약은 사람들도
제 꾀에 다른 호구가 된다

고마워라고 하는데

가을 햇살이
청량하게 파고드는 아침
한가로운 마음으로
음악을 듣는다
사랑하는 사람이 주황색 감 깎는다

돌려 깎을 때마다 껍질은
살아온 만큼의 굽이굽이 길이 되어간다

햇살 같은 노후의 시간

창 밖
스무 그루 넘는 나무들이
수고했다고 엄지척한다

까치까지 달려와 꼬리 흔들어준다

인생의 깊이를 몸으로 알아간다
고마워라고 하는데
눈물이 핑 돈다

시인과 미친놈

쉽게 써내려간 시
너무 직설적이다
시는 은유가 필요해

날아가는 짱돌을 꿈이라고 쓰니
시 같다고 한다

내가 하늘을 날아간다고
참새가 다가와
울면서 나를 끌고 간다 해야지
그게 시詩다

봄비가 웃으며
발가락을 간지럽힌다 하니
나도 미친놈이 되는가
시인이 되는가

잘 써보려고 막 쓴다

개망초가 될 거야

마루모테에 가득 피어나는
개망초가 될 거야

냇가에도
마찻길에도
뱀밭에도
매절고개에도
기와집이 보이는 길모퉁이에도

온 세상을
다 보아 찾는
하얀 개망초가 될 거야
자꾸만 기다리며
여기저기 피고 또 볼 거야

빗소리에 고향이 따라와

산등성이 소나무가
구름자락 확 잡아당긴다

떨어지는 빗방울
어린 날 눈물 닮은 초롱한 물방울

농막 옆에 낡은 의자
흐려지는 처마 끝
떨어지는 빗방울 따라온
할아버지 목소리

내 고향 가일의 사랑방
할아버지랑 앉아 듣던

댓돌에 떨어져 굴러가던
빗방울 소리

아직도 거기 빗방울 소리
할아버지 목소리 섞여 마당을 맴돌겠지

지렁이 날다

관리기로 땅 파고
괭이로 고랑을 만든다
별밭에 감자 심으려고

기다린 듯
지렁이 기지개켜며
흙을 헤집고 나와 인사한다

누가 알랴

여름 내내
일하고
운동하고
근육 키우다 보면

토룡의
가냘픈 몸에 날개 돋아

장맛비에
구름 타고 하늘로 날아올라갈지

여물통의 속삭임

덩그러니 놓인
옆집 낡은 여물통
고향 시골집 외양간이 다가온다

보신각 종만 한 검은 가마솥
김 피어오르면 구수한 여물 냄새
장작 아까워 콩단 들깨단 청솔가지
왕겨까지 태워가며
눈물로 소죽 쑤시던 할아버지

콩각지와 흰 콩 냄새에
선한 눈의 누렁이 목 길게 내밀며
코뚜레 흔들어 반긴다
등긁개로 등을 긁어주며
"이놈, 영물이라 말 다 알아듣지"
웃으시던 할아버지

해질녘
꼴 듬뿍 안겨주며
"잘 자라" 손짓하던 그 모습

아직도 눈에 선하다

여물통 속엔
소죽보다 따뜻한 사랑이 묻어 있다
소가 대답하듯
조용한 숨결로 밤이 익어간다

나, 냉이야

세상에
나오니 눈비 내리네

꽃대를
재빨리 올려야지
호미 들고 나오기 전에

꽃대 꼿꼿이 올려
엉기설기 하얀 꽃 피우니
아래는 벌써
납작한 열매 맺고 있네

나, 냉이야
할 일 이미 다 했어

트럭 이삿짐

낡고 작은 트럭이
초라한 이삿짐 가득 싣고
추위 속 아침을 바삐 달린다

대한 추위 내일 모레
짐들은
내 마음인 양 웅크린 채 떤다

'고생이 많구나'
속삭이듯 말을 걸어본다

오래 숨었던
내 가슴속 깊은 곳에 웅크린 짐들

힘들었던 짐들이 살아난다
버티다가
무너진 자리마다
강인함이 다시 피어난다

흔들리며 핀 꽃

거친 바람
혹독한 시련이 와도
올바른 마음 흔들리지 말아야 한다
어머니가 말했지

무리 속에서
흔들리며
나만의 꽃을 피우기 위해
안간힘썼어

때로는
흔들리지 않으려고
마음 다잡고 발버둥쳤지

흔들리며
시간이 지났지만
지금도
당당히 갈 길 가며 흔들린다

흰나비의 모성

마당가 텃밭 봄 얼갈이배추
손바닥만큼 커지면
엄마는
한 뼘 길이로 솎아내며
이마에 구슬땀이 송글거렸다

봄꽃이 지천일 때
흰나비가 배추 좋아하는 줄로 알았어

나도
별밭에 씨를 뿌렸다
배추 잎이 큰 감자알만 하면
잎 위로 날아드는 나비

배추에 앉아서
봄의 향기를 맡는 줄 알았더니
알을 까놓았다

배추흰나비에게 눈을 흘기며
어린 날 어머니를 본다

굼벵이 하소연

별밭 굼벵이
썩은 풀 먹으며 퇴비를 만든다

밥투정 반찬투정 하나 없이
쉬지 않고 일해도
고맙다는 말이 없다

징그러운 모습 뒤에
숨은 너의 수고

별밭 큰 매미
두엄자리에서
한여름 나무 위로 기어올라
설움 벗어버렸구나

억울하다고 소리치니
복더위에
시원한 노래로 들려온다

하늘로 날아오르니

찬란한 날개에 퍼덕이는 빛
두엄 밑바닥에서 피어난
울음무지개

흙의 어둠에서
태어난 해맑은 노래 퍼진다

2부

사랑을 책갈피에 꽂아놓았다

가슴 설레어 울던 날들
보고픈 맘 참고 참으며
사랑을 책갈피에 꽂아놓았다

은행잎에 붙여
꾹 눌러 껌딱지 해놓았다

다시는 열어보지 않으려고
눈물로 붙여놓은
그 페이지

이제 열어본다
책갈피 속에서 사랑은 웃는다
은행잎은 바래도
책은 다 바래도

그 사랑은 아직도 기다리며
웃고만 있네

새소고개* 알밤

꼬불꼬불 꼬부랑길
얼룩진 땀
새소리 따라 폴폴 넘는 고갯길

벌게진 뺨 닦은 수건도
발갛게 물드는 길

굴러온 알밤 다람쥐처럼 까먹고
밤 세 알
아름드리 소나무 아래
너를 위해 묻어놓고

땀을 내려놓고 나뭇짐 지게 지고
넘어가는 고갯길

귀에 들리는 새소리
가슴에 들리는 네 목소리

*새소고개 : 경기도 시흥시 과림동 산28번지 근처 작은 고개.

토룡

청계산자락 모퉁이
별을 심었더니
별밭에 작은 토룡土龍이
별빛 먹고 자란다

물안개 다가와
살갑게 품고
장대비가 내리는 날
엄마 손이 내려와
다정히 손 잡아주신다

다리 걸려 쓰러지고
깡보리밥조차 없어 배곯아
엄마 없는 설움에 울며 자란

강인한 토룡
별의 품에서 다시 깨어난다

눈물과 고통의 껍질 벗고
엄마 손 잡고
천룡天龍이 되어 하늘로 올라간다

별을 노래해

어두워져야 더 빛나는 별을 노래해

어머니의 별
나의 별

어둠이 깊어질수록 단단해지는 빛

눈물로 닦고
고통으로 익힌 별
고요한 빛
결마다 어머니의 숨결이 스며 있어

이제 안다
외로움의 또 다른 이름, 빛
존재의 근원

마루모테*
아름드리 소나무 끝에 걸려
나를 부르는 별이

‘너는 아직 완전하지 않다.
불완전함이 너의 빛이다.’
오늘도 그 빛 아래
묵묵히 서서
외로움을 태워
내 안의 어둠을 큰 별로 빚어낸다

*마루모테 : 시흥시 과림동에 위치한 아름드리 소나무가 즐비한 산모퉁이의
지명.

꽃보다 더 예쁘다

험한 세상 한 모퉁이에서
꽃을 가꾸는 너는

아수라 고통을 다 품으니
오히려 꽃이 되었다

꽃에 묻혀 내게 다가오니
꽃보다 더 예쁘다

연평도 조기

소금이 뿌려진다
손바닥에 두 마리 얹어도 될 성한
자그마한 조기

한참 앉아
먼저 간 보고 가는
얄미운 파리들

작아서 짚으로 매어놓을 수 없어
싸리 소반 위에
아침저녁으로 널어주는 엄마

장독 위에서
햇살 먹으며 꾸덕꾸덕해진다

손가락만 한 게를
소래포구에서
잡아오시던 어머니
속도 모르는 나는
게와 조기는 원래 작은 줄만 알았다

구름산* 친구들

바람에 떨던
참새들이 숨어들고

구름산 위에 눈구름 쉬면
마루모테 소달구지길
함박눈 사뿐사뿐 내려 쌓인다

하늘에 띄운 편지도
눈발에 숨어드니

방울모자 그 애 오려나
기다린다

새하얀 길
소달구지길 바둑이 발자국 보이면
깡총거리던 그 애
콧노래 부르며 벌써 지나갔을까

눈 잦아들고
스며드는 외로움

보고픈 맘
참새 되어 마을로 날아간다

*구름산 : 광명시 남쪽에 위치한 산 이름.

야곱의 돌베개

낡고 허름한 집
잠든 아이들 머리 위로
흔들리는 전등불조차 차가운 집

사업이 어려워져서 줄이고 줄여
한계에 다다랐다
낮은 곳에서 맨땅바닥으로 내던져졌다

야곱이 돌베개를 베고 자는 마음으로
이슬 맞고
위로의 별을 덮고
강인하게 세상과 씨름했다

하늘이시여!
나의 팔다리 확 늘려 펴서 얼더라도
가족들은 얼지 않게 덮어주소서
피눈물도 내지 못합니다

당신을
꼭 붙잡고 밤새 놓지 않아요

엄마의 포도 노래

더위에 포도가 익어가듯
내가 익어간다
해는 지쳐 서산으로 늘어지니

무더위에 지친 나는
손등으로 소금 땀 훔친다

포도의 달콤한 향기에 끌려
물까치 달려와 쪼아먹는다

어린 시절
원두막에 누워 따라부르던 포도의 노래

'포도밭 돌아가는 좁다란 길
포도가 익었는지 달콤한 냄새
포도는 송이송이 봉지에 싸여 있네'

알갱이들이 익어가듯
엄마의 목소리 스며든다
내 마음도
달콤한 옛 그리움 품고 익어간다

그 별이 내려온다

칠석날 밤
엄마가 보여주신 그 별이 내려온다
비단 보자기 속에
담으려다 놓친 한 줄기 빛
가슴속 오래 잠들었던
그리움이 되어 내게 온다

어둠이 깊어질수록
그 별은 제자리를 찾아 빛나고
쓰러진 나를 다독이듯
엄마의 숨결이 스며든다

하늘이여
하늘이여
어두워야만 보이는 내 별이여

그 빛 속에 아직도
엄마의 사랑이 머문다

매절고개*에 나를 심고

내 고향 매절고개
별이 떨어져 내린 슬픈 날
이름을 고갯마루에 묻었다

이름 없는 나는
하늘로 날아 외로운 별이 되었다

영혼은 차가워지고
눈물로 은하수를 만들었다

한없는 그리움 품고
엄마별을 찾으러 오작교에 앉아 있다

북두칠성이여
하늘에서 엄마를 찾아주고
슬픔을 걷어가
매절고개에서 내 이름도 찾아다오

*매절고개 : 고향 마루모테에서 서쪽으로 5백여 미터 떨어진 고개.

새참

가마솥에 보리쌀 삶아
밥을 하셨지
열무김치 오이냉국 고추장 담은 함지박
똬리 끈 입에 물고
동녘 밭에 잰걸음으로 오시던
어머니

밥 먹어라
쉬엄쉬엄 일해라 하는
간절한 음성이
골짜기 타고 내려온다

땀으로 얼룩진 미소
강인한 모습
골짜기 채우고 나를 품는다

수십 년 지난 지금도
메아리쳐 달려와
가슴속에서 뜨겁게 울려퍼진다

맨 수저

금수저 은수저
못난 흙수저라니

수저라도 들고 있으면 다행이다

입으로만 먹으며 살아온
수저도 없는 사람

눈물로 말아먹고
수저도 빌려먹고 살아냈다

밥이 없으면
수제비
수제비 없으면 물배로 채우고 살아냈다

이 사람아
맨 수저로 살아남는 게 무언지 알기나 하나
수저 타령이라니

허물 벗기가 쉽겠나

뱀이
언제 별밭 다녀갔는지 모르게
허물 벗어놓고 사라졌다

배추 심어놓고
괭이 들고 돌아다니는 나는
이마 주름살이 깊어졌다

마음의 허물 어떻게 벗어야 하나
내게 다가온 고마운 사람
내게 멀어진 아쉬운 사람

할아버지처럼
허허 웃으며 하늘 물끄러미 바라본다

허물 벗고 싶은데
주름만 깊게 늘어간다

백도라지 별

청계산자락 밭에
자라는 하얀 별

새초롬히
빼꼼히
소리 없이 제 세상 열고

아파도
지쳐도
흰 마음으로 피는 꽃

언젠가는
시든 꽃잎마저 부여안고
까맣게 영근 꿈을 안으로 품고

훌훌 하늘에 떠서
빛나고야 마는 별
백도라지 꽃

사월의 찬란

한 줄기 연약한 힘이 굳은 땅을 밀어올리네

상처를 통해 탄생이 이루어진다

그리움으로 기억이 갈라지고
신념이 해체되어
고통을 깨치고 빛이 틈을 헤치네

스스로의 굴레를 벗고
부서지는 소리 없는 몸짓이
우주의 맥박과 겹치는 순간

사월은 고통에서 찬란으로 숨길을 튼다

그리움은 아직
완성되지 않은 사랑의 그림자
미완의 떨림

사월은 시간의 상처를 승화시킨
봄의 첫 울음

할아버지와 매절고개

언덕배기
휘적이며 바람 타고 올라가면
볏단 가득 지게 진 할아버지
잠시 숨 고르던 매절고개
나를 반긴다

나도 어깨 무거워
허연 초승달 올려다보면
앞니 빠진 할아버지가
달 위에 걸터앉아
구리빛 미소 내린다

초저녁 늦추위
서리 내릴 듯
사닥다리논 횅하게 비었으니
벼 이삭은
할아버지 지게에 안겨 고개 넘었다

아! 세월이 빠진 앞니구나
빈자리마다 달빛 그리움이 자란다

고구마로 삶을 삶다

청계산 달빛 따라
은하수 고요히 흐르고
작은 솥단지에 밤고구마를 삶는다

삶은 익음이요
익음은 살아 있음이라

한 줌의 불빛 속에
세상 숨결이 피어난다

바람이 와서 연기를 쓰다듬고
별빛은 냄새에 취해 내려 눕는다

이 밤
사람과 별과 짐승의 경계가 없구나

한 솥의 김 속에서
향기는 섞인다
고구마가 숨을 고르고 생을 익힌다

불길이 사그라질 때
남는 것은 향기뿐

나도 연기처럼
허공으로 흩어지는 향기이고 싶다

3부

바소쿠리 별

비지땀이 흘러도 걷는데
서녘 해가 쓰러지니
덩달아 나도 주저앉는다

집으로 돌아가야지
가는 길이 몇 배나 길어지고
빈 지게가 더 무거워진다

하늘이시여
별들을 보여주세요
작대기가 지팡이 되었어요

바소쿠리에 별 가득 지고
'힘들어도 일 잘했다'
마음 쓰다듬으며
뚜벅뚜벅 집으로 지게 되어 간다

비설거지

'능구렁이가 구슬피 울면
장마진다'
할아버지는 말했다

긴 가뭄에 냇가 가재들
모래 속 깊이 숨어들고
상수리나무 잎
하늘만 바라보다 고개 떨군다

거북이 등처럼 갈라진
사닥다리논 바닥
벼들이 버티며
마른하늘 쳐다보느라 목이 휘어진다

비가 오려나
기다리는 할아버지
먹구름 몰려오니
어둡던 얼굴의 주름살 펴지고

저 멀리 외딴집에선

수탉들이 소리 높여 울어댄다

장맛비가 올라오는구나
마음만 바쁘고

고향 마루모테에는
지렁이들이 비 냄새를 먼저 안다

난로에 장작을 피우다가

뻗치는 기운
힘
나이테마다 밀어넣어둔 열기가 솟구친다

깜깜한 시간이 불기운 받아
스멀스멀 터져나오는 한숨 분노 억울
혼돈의 기억들이 깨어나 불붙는다

탱탱하던 빛살들이
불살에 재생되어 핀다

휘몰아치던 눈보라에 휘감기던 추위도 탄다
장작이 타는 동안
화들짝 깨어나는 나무의 발성 탄성
타닥타닥

스산한 날
난로 속에서 자신을 태운다

한숨을 태우느라 뱉어낸 연기도

울적한 마음 웅어리진 날도
초연한 재가 되어 날린다

어린아이

조잘거리는 방울소리들이
뛰어 노닌다

허리 구부러져가는 나는
세상 돌아가는 이치 알고
시간 속에서 천천히
노닌다

나이 먹는다는 건
몸 늙어 작아지는 것
마음은 어린아이가 되어간다

어린아이로 태어나
어린아이가 되어 죽는다

과꽃

보랏빛 과꽃
엄마가 좋아하시던 꽃

해마다 꽃 피우려고
뜰 앞에 심어
미소 머금은 엄마 만납니다

노래합니다
'올해도 과꽃이 피었습니다'

엄마가 피니
나도 꽃이 되었습니다

과꽃은
서쪽 하늘로 날아갑니다
삼막사에 피어
다시 노래합니다

따뜻한 손

넘어져 크게 다친 적 있지
무릎 깨지고 가슴에서 피 흘렀지
상처와 고통으로
나의 40대는 붉었지

아물기까지 걸린 숱한 날들

깨져도 부러져도 끝내 아물지
시일이 걸릴 뿐
넘어졌다고 끝난 것은 아니야

하늘 노래질 때
모른 척한 사람
눈물이 앞을 가릴 때
밟고 지나간 사람

쓰러지고 나서야
인생을 배웠어
이끌고 잡아주던 손길
세상은 아직 따듯하다는 걸 느꼈지

뱀과 소나무

뱀이 허물 벗기 위해
기어가야만 하는 걸 아느냐
아름드리 소나무가 물었다
나는 마음 아파
알고도 대답하지 않았다

저 기와집 굴뚝 타고
허연 뱀이 올라가는 게 보이느냐
소나무가 또 물었다
나는 수줍어
바라보지 못하였다

뱀은 용기 있어
외로워도 슬퍼도 고갯길 넘는가
소나무가 다시 물었다
나는 말없이 길만 바라보았다

나는 입 다물고
마루모테 길 걷기만 하였다

그대가 있기에

고맙다
그대가 곁에 있어서
사랑하게 해주어서
사랑한다고 말해주어서

흐린 날도 미소로 바라봐주어서
고맙다

그대가 소중하다
나를 오래 보아주어서
힘들어하면 위로해주고

간간이 어깨 주물러주고
빈 지게가 무거울 때
'힘내라' 응원해주니

나는 마음이 부자이고
행복한 사람
그대가 있기에…

양말을 꿰매다

등잔불 아래
침침한 눈 껌벅거리며 바느질한다

해진 양말에 헝겊 덧대며
아끼는 것이 부자 되는 길이라는 걸
바늘로 심으며 강조하신다

많이 버는 것보다
낭비하지 않는 게 사람의 품격이라던
어머니

이제는 내 몸도 따라 말한다
구멍난 양말 속에
그 시절의 손길이 남아 있다

절약으로 품어진
어머니의 사랑이 어른거린다

살아남으려고

삶이 부도 직전
검은 손 하나가
몰래 대량 발주 후 물건을 숨겨두어
더 깊은 나락으로 호출되었다

물건을 회수하고
내 탓이오 구입처에 고개 숙였다

도망가지 않았다
어금니를 깨물고
서바이벌 게임에 뛰어들었다

맨바닥으로 팽개쳐졌다
아내도
아이도
불안한 벽과 차디찬 바닥을 견디느라
시간이 얼어붙었다

얼음을 베개 삼아
허기를 채찍 삼아

많은 빚을 역기 삼아

손끝으로 믿음을 다지고
뼈와 살로
회사 기둥을 한 가닥씩 다시 세웠다

나랏돈과 은행 빚을 밤낮으로 갚았다
팍팍한 게임은 9년 걸려 게임 오버 되었다

기적은 몰래 다가온다

'내가 도와주었으니
나를 도와주어야 한다'면
외상을 깔아놓은 것

남들에게 복받을 일을 열심히 해라
복은 만들어가는 것
베푸는 것이야

쌓이고 쌓이면 기적이 다가온다

기적은
온 마음과 온 몸이 원하고
지극정성이 하늘에 닿아야 오는 것

전율이 일어나고
천지가 흔들려야 할 것 같지만

기적은 보이지 않는 곳에서
지키고 보고 있다가
바람처럼 갑자기 다가온다

비밀의 향기

봉오리 여는 꽃
기다림 끝에 드러나는 아름다움!
그윽한 향기

수줍게 핀 꽃에
벌 나비 들락거리니
내가 끼어들 틈이 없구나

꿀 따먹고 먹이며
작은 우주가 바쁘게 움직인다

세상 흔들고
영혼의 향기만 남은
날아갈 준비하는
헤아릴 수 없는 수많은 꽃잎
핀 지 오래된 복숭아꽃잎들

깊고 묵은 향기가
우주가 되어 나의 품을 파고든다

네잎클로버

새소고개 양지에
행복 메시지 푸르게 깔렸다

행운을 찾으려고
네잎클로버 찾으려고
세잎클로버 세상을 자꾸 뒤진다

행복이 눈앞에 펼쳐져 있는데
행운을 찾으러 헤매는 나

봄볕에 놀러나온 참새들이
나더러
눈 멀리 뜨라 재잘댄다

봄 아지랑이

봄 아지랑이 먹고
강아지
하품웃음 짓고
울타리 위로 꽃잎 흩날린다

양지짝
얼룩고양이
물먹은 빨래처럼 늘어졌다

두엄 지게 지고
달래 냉이 맞으러 간 동녘 밭에서
기지개 켜면 하늘이 내려온다

냉이는 나왔는데
산 너머 그 집은
나물 캐는 나들이도 없나

지게 내려놓고
기다리다가
작대기로 애꿎은 허공질한다

낙엽 편지

마루모테에 봄이 오니
나무는 움 올려 세상에
그리운 마음을 슬며시 내어놓는다

애달픈 사연들은
소리치는 비바람 맞아가며
한여름 내내 키워
나뭇잎에 깨알같이 새기어
옹골게 익어간다

수많은 사연 품은
나뭇잎이 바람 타고 배달 간다

날아가다가
애타고 애절한 마음 전하지 못하고
울며 시들어간다

벗겨진 나무는
답장 없고 찬바람만 거세어지니
바람 따라 울기만 한다

흙이 품은 가족

별들이 밤마다 오르내리는
청계산 입구 별밭

비탈을 일구느라 흙을 퍼날랐지
지렁이가 따라오고
땅강아지 거염벌레도 이사 왔어
호스로 물 주고 토닥이는 동안
가족이 되었지

별도
꽃도
사과도
나도 꿈을 키운다

내일을 향해

비가 속삭여도
눈이 덮어도
묵묵히 품는 흙의
깊은 농심農心이 식구되어 자란다

복숭아꽃잎

마루모테 길가 과수원
복숭아꽃 핀다

드문드문 핀 수줍은 향기
꽃잎 흩날리어
허공을 날다가 떨어진다

꽃이 만든 알맹이에
벌레들의 장막, 벙거지 씌워

손톱만해져야 눈에 띄는 알맹이
소우주 품고
꽃과 열매 품은
꽃잎의 작품

잘 크길 기원하며
꽃잎 나풀대며 날아간다

빨갛게 익은 날
어여쁜 사람 찾아와

맛있게 따먹으며
봄날의 꽃잎을 기억하기를
간절히 바라면서

굼벵이의 꿈

별밭 두엄자리
묵어 썩은 볏단 속에서 꿈틀거리는
새끼손가락만한 굼벵이

썩은 풀 썩은 똥을 먹고
찌든 냄새를 먹고
땅을 살찌우는 목숨

번데기가 되었다가
지루한 인고의 시간 견디면
눈부신 날개가 돋지
자두나무 위에서

몇 년을 자라
겨우 며칠 노래하는
굼벵이의 생

나는 무엇이 될까
무엇을 남기고 가야 하나

별밭*에 앉아

배추밭 무밭에
스프링쿨러 돌린다
포도넝쿨 묶은 끈 자르고
죽은 자두나무 가지 치고

별을 기다린다

따끈한 커피잔 들고
참새 지저귀는 울타리 곁
나무 탁자에 엉덩이를 걸친다

까치가 올까
느긋하게 기다린다

어두워져야 빛나는 그 별을
거북이 되어 기다린다

* 별밭 : 서초구 원지동 344번지 청계산자락에 있는 밭의 이름. 별이 되고 싶
은 마음을 심고 가꾼다.

빛으로 다가온 사랑

인생길 위에서
넘어져도 다시 일어설 수 있네
한 줄기 빛으로 다가와
무너진 마음 감싸주는 사랑 때문에

눈에 보이지 않아도
바람처럼 스며들어
상처를 어루만지고
절망의 돌 위에 꽃을 피우네

그 손잡고 다시 걷네
쓰러진 자리는 새 힘의 자양분이야
시간조차 거슬러
죽은 듯한 영혼을 불러세우네
봄싹을 틔우네

나를 다시 일으켜주는
봄 햇살 같은 훈훈한 사랑

4부

민들레 함성

수없이 짓밟혀도
땅바닥에 온 팔 벌려 버팅기며
꽃대 하나 바로 세운다

바람결에 실려간 꽃씨
어디든 내려앉으면 내 땅이 된다

바람은 내 편이야

사방에 꽃씨 날리며 소리친다

나, 민들레야
온갖 박해에서도
끈질기게 다시 피어나는 존재야

배추나비가 제 집인 양

무더운 날
별밭에 배추 모종 낸다

흙을 다독다독하느라
몸 적시는 비지땀
물조리개로 뿌리는 간절한 마음

김장 꿈을 이랑마다
심어나간다

'배추 잘 심어졌나'
엉덩이 쪽에서 흰 나비 두어 마리
이쪽 모종에 앉았다가
다른 배추에 앉는다 제 집인 양

'저리 가'
팔 휘저으며
쫓는다
여기저기 알 까는 나비

모종 낸다고
거드는 척하는 나비에게
눈 흘긴다

만 원을 꾸러갔다

오래 전
1만 원을 꾸러갔다
대학등록금 5만 원
장학금을 타도
1만 원이 부족했어

친척에게 갔다
힘없이 간 길, 입은 열리지 않아
다른 얘기만 하다가

돈 이야기는
초가을 모기소리만했다
눈치챈 친척
'원비-D나 먹고 가거라'

떼 한번 못써보고
땅만 보며 겨우 걸었다
눈가가 젖고
입술은 조개처럼 다물었다

오뚜기의 고통

굶기도
쓰러져 기어가기도
동상에 걸리기도 했다
갈증에 논바닥 물로 목을 축였지

믿었던 사람의 거짓에
무릎이 꺾이고
넘어져 다리가 부러지기도

가까운 사람의 죽음으로
세상이 무너져도
다시 일어나
끝없는 길을 묵묵히 걷는다

나는 숱한 고통을
가슴 깊이 묻은 채
말없이, 뜨겁게 자꾸 걸어간다

망설여 보았다

이리 갈까 저리 갈까
이렇게 또 저렇게 할까
망설였다

내일도 흔들리겠지만
힘든 길 가다가 참새 만나면
길가에 앉아
까불이 이야기하다 가야지

웃는 들꽃 만나면
어루만지며 아름답다고
코 대며 말할 거야

가보지 않은 저 길
마음구름 타고 날아가보고

힘들어도 지금 가는 길
왕눈이 황소처럼
워낭소리 내며 걸어가야지

당당한 복숭아

빨갛게 익은 복숭아 알알이
속마다
숨은 투박한 손길

거친 땅 일구어
묘목 심고
찬바람에 전지하고
거름 주고

뙤약볕 아래
솎아낸 웃자란 가지
그 위에 흐른 수많은 땀방울

풀 뽑고 거름 주고 벌레 잡고
잔가지 쳐주고

땀이 키우고 지탱한 복숭아나무

오늘
땀 흘리며 따낸 복숭아
맛도 당당하다

외로우면 눈물 한 방울로

안아드릴게요
손주가 말한다

땀 흘린 고된 시간이 스르르 녹아
달콤해진다

눈을 감아도
사랑의 목소리 알고
미소 짓는
얼굴이 꽃처럼 핀다

외로우면
눈물 한 방울로 잊어내는
슬기로운 나이야

옛 그리움 찾아내어
소중히 곱씹어 깊은 맛 찾아낸다

생을 우린 맛
이제 보니 시큼하고 달큰하다

별을 사랑하는 건 꿈이었나

매절고개 마루 위
달려올 듯이 빛나는 국자별

어딘가에
나의 별이 숨어
기다리고 있을까
칠석날 내 이름을 부를까

소나무 가지 사이 어둠을 헤집는
조급한 마음

별들이 더 가까이
내려오는 그믐밤
가슴속 그리움이 구름처럼 피어
사랑은 하늘 끝으로 날아오른다

기다리다가 별이 되어가는 나

아,
별을 사랑하는 건 정녕 꿈이었나

꽃과 느티나무

당신은
나의 은은한 향기
잔잔한 미소 가득한 아름다운 꽃

나는
당신의 시원한 그늘
팔 벌려 풍파 막아주는
늠름해지려는 커다란 느티나무

당신이 하늘이라 부르면
별과 달을 품고
세상을
잔잔히 비추는 큰 거울

당신의 포근한 마음이 반사되는
넉넉한 하늘이 되고 말 거야

내려놓는 신호

허리 쿡 아프지
무릎들이 쑤군거리지
나이 들어가니 몸이 말한다

길 안쪽으로 다니세요
자식들이 잔소리한다
내가 들던 짐도 뺏어 든다

친구들 걸음이 느려져

무리수두지 말고
아쉬울 때 내려놓아야 한다

물방울조차
무거워 힘에 겨우면 비가 되어
내려놓는다

솔방울 편지

고개마루
아름드리 소나무
'쉬어 가라' 눈짓한다

등걸에 지친 마음 걸터앉히고
산비둘기에게 말 건다

'나 살아가는 게 힘들어'
말없이 눈만 껌벅거리는 비둘기

솔방울 떨어뜨리며
대답하는 소나무

'눈보라 모진 추위
가뭄 견디고
폭풍우 천둥번개도 지나왔지
거름 주는 이도
힘내라는 응원이 없어도
아름드리 소나무로 자랐어'

말 없는 몸 편지
큰 씨앗 하나를 내 속에 심는다

함박눈 편지

얼마나 기다렸나
헤아릴 수 없는 애달픈 글자들
와락 품으로 달려든다

전하려는 말
품속에서 사그라지는 편지
읽지 못해도 알아챈다

더러는 빙글빙글 돈다
돌다가 바람 따라 날아오른다
나도 같이 날아오르니
편지 사연들이 내 맘을 데리고
서쪽으로 날아간다

복숭아꽃을 보며

화사한 복숭아꽃 사이로
분주한 벌들

꽃잎이 날리면
일손이 바빠진다

쥐눈이콩만한 복숭아가
왕주먹이 되려면

올여름 천둥소리
모진 비바람, 똥 가뭄
살을 익히는 뙤약볕
물까치의 시위도 이겨내야 해

매미의 합창 소리에
알은 크고 붉어져가겠지

불그스레 달콤한
왕복숭아 먹을 꿈이 벌써 커간다

믿음은 불쏘시개

세상 끝에 밀려
돌처럼 식어 주저앉았을 때
말없이 다가온 빛

믿음이
씨앗 되어
어둠을 뚫고 자라났다

믿음은
보이지 않는 길을 비춰주는
조용하고 힘 있는 불꽃
어둠을
밀어내는 큰 사랑이지

꿈을 살리는
불쏘시개이기도 해

백 번 일어서다

돌 무렵 아기가
걸음마를 배운다

한 걸음 내디딜 때마다
쓰러지고 딛고 쓰러지고 딛고
세상으로
나가는 첫걸음 자꾸 뒤뚱거린다

봄볕에 연약한 풀
굳은 땅을 뚫고 나온다
저 바위 위
비틀어진 푸른 소나무도 모질게 자란다

세상 풍파에 도전하고
쓰러져도
무시당해도
얼마나 강인하게 일어났던지,
나도!

지게에 얹어놓았다

비지땀이 흘러도
기를 쓰고
달려야 하는 나는
등 뒤에 빈 지게도 무거웠다
내일을 위해
용을 쓰고 힘든 인생길을 간다

내려놓은 지게에 기대어
어두워져야 빛나는 별을
한없이 바라보는 내 마음

지친 마음을
나무 지게 밑에 그냥 얹어놓았다

얼룩진 별을 닦는다

논 써레질에
흙탕물 먹은 겉옷

참외밭에
소 물똥을 지게로 나르다가
몸에 배어든 진한 향기

청솔가지 나뭇동 한 짐 지고
집으로 오는 길
땀 냄새 옷깃에 숨어 오솔길이 구수하다

얼룩 땀 속에도
해진 옷과
낡은 지게멜빵에도
당당한 마음으로 산다

집으로 돌아가는 길
냇가에 앉아 기도하며
세상의 때로 얼룩진 몸별을
열심히 닦는다

그대가 바로 시詩입니다

내게는
그대가
바로 시詩입니다

따듯하고
화사하고
시원한 바람이고
부드러운 햇살이고

모든 게 다 시 구절이야

너무나
좋은 미소입니다
소중하고 지혜로운 반쪽입니다

깜깜한 산길을 가라

허기와 바람이 등을 밀고
싸라기 눈발이 얼굴을 때린다
불빛 없는 겨울 외산길
세상은 가끔 이런 밤을 건너게 한다

두려움이 발목을 잡고
망설임이 마음을 얼게 하지만
가야 할 이유가 있다면
헤쳐나가야 하는 길이다

사랑이 저편에서 빛을 주니
어둠조차 건너가는 길이 된다

매절고개가 말한다
폭풍을 견딘 자의 심장에서
꽃이 핀다고

멈추지 말라
깜깜한 산길이 때로
성공으로 통하는 문이다

복숭아 우주

진분홍색 복숭아꽃 흐드러진 가지마다
벌 나비 다녀가니

내 마음 훔치던
꽃잎들 하나둘 날아
도랑에 우수수 떨어진다

시든 꽃 속에 숨은
쥐눈이콩알만 한 복숭아
조용히 세상을 품고 있다

숨은 세상을 아는 이는
과수원 주인뿐

내년 또는 후년에
수십 년 후에
하나의 씨에서 영글 복숭아 알알들

이미
엄청난 우주가 자라고 있다

상처를 보듬어 별로 새기다

권순자/ 시인

1. 별을 노래하는 시인

유태승 시인의 시를 읽다보면 그의 감성을 키우는 주요 어휘 중 하나는 '어머니'이다. 자신을 둘러싼 사물을 인식하고 그 현상을 시로 표현하는 과정에서 어린 시절에 겪은 '어머니'의 빈자리를 떠올리고 그 자리를 채우기 위해 그의 상상력이 발휘되기 시작한다. 그러면서 자신을 풍요롭게 채워가는 과정을 밟는 것이다. 그의 상상력 속의 어머니는 소멸하지 않는 '불멸의 대상'이고 영원히 숭앙해야 할 별 같은 존재이다. 이런 초월적인 어머니에 대한 상상력은 그의 시를 읽어내는 길잡이 역할을 한다.

그의 상상력은 '어머니'라는 중심어를 기점으로 출발하여 상상력이 발전하고 사방으로 뻗어간다. 둘러싼 사물은 그 중심어를 길잡이 삼아 사유의 범위를 넓히고 영역을 확장해가는 특징이 있다.

유태승 시인의 시집『흔들리며 핀 꽃』에서 시인은 도시 변두리 '별밭'을 일구며 마음의 별밭에 총총히 뜨는 별 이야기를 시로 써내렸다. 그의 별은 어머니별, 할아버지별, 친구별 등 다양하게 반짝이는 별이고 유 시인의 생을 일궈주고 상처를 보듬어준 치유의 별들이기도 하다. 그 다정한 별들과 나눈 이야기들이 시집 전체에 따스하게 이어진다.

시인은 어릴 때 느꼈던 상실감, 그리움, 두려움, 외로움, 성인이 되어서는 사업하는 동안 겪은 배신감, 가장으로서의 책임감, 고마움 등등 개인적 체험을 자신이 접하는 사물과 소통하며 소환하여 자신만의 체험을 사물과의 인식으로 확장하는 과정을 밟는다. 이를 통해 독자를 다양한 삶의 세계로 안내하고 경험하게 하는 신선한 발걸음을 느끼게 해준다.

어깨 위에
힘겨운 짐
황소처럼 지고 간다

땀 흘리고
물먹은 소금가마니처럼 무거워도

돌베개 베고
자는 마음으로
뚜벅이며 걸어간다

저녁 노을이 품어줄 때에야

그대 고마움에
새털처럼 마음이 가벼워진다

—「서시」 전문

「서시」에서 화자는 '황소처럼' 뚜벅이며 자신의 길을 평생 한결같이 걸어온 사람이다. 오롯이 성실하게 삶을 살아낸 자로서 '저녁 노을이' 비치는 노년이 되어서야 마음이 가벼워지고 짐이 가벼워진다. '물먹은 소금가마니처럼 무거워도// 돌베개 베고/ 자는 마음으로' 자신의 삶을 뚝심 있게 고집스럽게 간다. 뚝심과 고집은 때로는 상식과 고정의 틀을 깨고 경험하지 않은 미지의 세계로 인도하기도 한다. 빛과 어둠이 교차하고 포기하고 싶은 유혹이 도사린 안개 자욱한 막막한 생의 사거리와 맞닥뜨리게 된 상황에서 포기하지 않고 뚝심과 신뢰로 일어선 용기가 화자에게서 읽혀진다.

삶의 길을 걷다 보면
뜻하지 않게 발밑이 꺼지고
그곳이 끝인 줄 알았던 절벽 아래
다른 길이 숨어 있음을 뒤늦게 깨닫는다
나는 그 길을 걸어보았다

찬바람이 벽이 되고
빈 밥그릇이 거울이 되어
초라한 얼굴을 비추던 날들이 있었다

—「생의 밑바닥에서 만난 온기는」 부분

야곱이 돌베개를 베고 자는 마음으로

이슬 맞고

위로의 별을 덮고

강인하게 세상과 씨름했다

하늘이시여!

나의 팔다리 확 늘려 펴서 얼더라도

가족들은 얼지 않게 덮어주소서

—「야곱의 돌베개」 부분

성경의 '야곱'이 형 '에서'의 복수와 외삼촌의 속임수 한 가운데서 고통의 시간, 고난의 시절을 버티어내느라, 광야에서 돌베개를 베고 자며 외롭고 힘든 시절을 보내는 모습을 위 시에서 떠올리게 한다. 야곱처럼 화자는 지인의 속임수와 배신으로 생의 사막에 닿았을 때, 고난의 시절을 묵묵히 이겨내며 감당하는 모습이 엿보인다. 생의 절벽에서 떨어져도 거기서 길을 찾아 살아내는 오뚜기 같은 정신과 슬기로움이 그를 다시 일으켜 세운 것이다. '기적은 멀리 있지 않다'는 목소리가 쟁쟁히 울린다. '찬바람이 벽이 되고/ 빈 밥그릇에' 초라한 얼굴을 비추며 와신상담하는 사업가의 의지가 선명하다. 사업을 일구어오는 과정에서 겪은 수난의 시기에서 끔찍한 배신과 실망과 경제적 궁핍을 이겨내고 일어선 시인의 억척

스러운 의지가 시 곳곳에 녹아 흐른다. 어지럽고 속임수
가 비일비재한 세상에서 식구를 챙기고 이겨내는 가장
의 깊은 속내가 얼음 밑 고요히 흐르는 개울물처럼 청량
하게 다가온다.

2. 실천적 자아와 실천적 의지의 만남

섣달 장날 아침
소래산 아래
누런 소들 하얀 김 뿜어내며
큰소리친다

왁자지껄 장터의 활기
막걸리잔이 날아다니고
고함소리는 소래산 등성이를 타고 올라간다

꾸불 뱀내 봄 냇가
새끼들 데리고 놀던 오리

행운이 어머니
모이통 들고 오리 불러대는 소리에
꽥꽥대며 새끼들 몰고 돌아가는
어미 오리

뱀내장터 우렁한 소리
소래산을 쿨렁쿨렁 오른다

─「뱀내장터 우렁 소리」 전문

시인의 고향 '뱀내장터'에서 벌어지는 풍경을 읽다보면 어린 시절 소래산 근처에서 자란 시인이 활기찬 장터의 하루를 묘사하는 부분을 통해서 오래된 따스한 기억, 고향을 불러내서 온기와 위로의 시간을 선사한다. 하지만 그것은 표면적이다. 찬찬히 읽어보면, 화자의 눈길은 '뱀내'에 머물다가 '뱀내장터'로 향하는 소들의 '하얀 입김'에서 서늘한 공기와 '소들의' 외침에서 끌려온 소의 애끓는 마음으로 이끈다. 뱀내 '새끼 오리'를 '어미 오리'가 집으로 데리고 돌아가는 전경과 대비를 이루어 더 아픈 광경을 묘사한다. 흥정의 대상이 되는 소를 바라보는 눈과 새끼를 챙겨 집으로 돌아가는 어미 오리를 보는 눈이 대조되면서 뱀내장터 시끌벅적하고 유쾌한 소리는 한바탕 세상살이 풍경을 잠시 보여준다. 장터의 '우렁한 소리'는 아프고 시끌시끌하게 소래산을 타고 읽는 이의 마음 산을 타고 오르내린다.

인천 배다리 깡시장 가는
낡은 트럭에
은천참외 담은 대나무 상자
10여 개 싣는다

배고픔도 잊고

어두운 신작로 걸어

천근 무거워진 빈 지게 지고 냇둑 따라

집으로 돌아간다

배터 길모퉁이에

앉아 바라보는 밤하늘

어두워져야 빛나는 별

나는 너무 작은 별

지게에 크고 작은 별 가득 지고

집으로 간다

나도 별이 되어 반짝이며 간다

─「길모퉁이 별」 전문

「길모퉁이 별」에서 화자가 참외를 '낡은 트럭'에 싣는 고된 일상이 그려진다. 그의 시를 따라가다보면 화자가 발현하는 실천적 자아를 만나게 된다. 실천적 자아는 '현실의 고통과 장막을 넘어'서려는 실천적 의지와 결합하여 '실천적 진리'의 한 가닥에 닿게 되는 것이다.

참외는 한여름 과일이고 이 참외 싣는 작업이 땡볕 아래서 이뤄졌음을 상기할 수 있다. 가만히 앉아 있어도 땀이 이마와 등에 줄줄 흐르는 여름 한낮에 무거운 참외 상자를 10개 옮겨 싣는 일이 쉬운 일일 리가 없다. 낑낑

대며 땀을 비 오듯 흘리며 작업하는 화자의 모습을 상상
할 수 있다. 무더운 날씨에도 불구하고 가족을 생각하는
마음 하나로 모든 고난의 순간을 한겹 한겹 건너는 것이
다. 고통을 이겨내느라 의지를 벼리고 힘든 상황을 극복
해내는 화자의 투지가 읽힌다.

　허기진 배를 안고 지쳐 무거운 몸으로 귀가하는 화자
의 어깨는 어떤 숭고한 대상이 된다. 화자는 자신이 '너
무 작은 별'이지만 지게에 가득 내린 '밤 별'을 지고 스스
로 별이 되어 길을 밝히며 간다.

　　부천 소사극장 근처 주택가 앞
　　'배추 사세요'
　　소리쳐보는데
　　목이 먼저 메인다

　　'배추 사세요'
　　중얼거리는데
　　사람들이 모여든다

　　겨우
　　밀가루 한 포대 사서 집으로 돌아왔다

─「배추 사세요」 부분

　가족의 생활을 책임지는 화자의 어깨는 무겁다. 입이
떨어지지 않는 '배추 사세요' 소리. 소리를 질러야 사람

들이 모일 텐데 화자는 목이 메어서 모기 소리만 한 목
소리로 중얼거린다. 그런 소리에도 지나가는 아주머니
들이 하나둘 모여들어 배추포기를 사서 자기들의 집으
로 돌아가는 모습에서 은연 중에 속 깊은 아낙들의 마
음이 읽혀진다. 배추 판 돈으로 일용할 양식 '밀가루 한
포대 사서 집으로 돌아'가는 화자의 모습에 가슴이 뭉클
해진다.

흰머리 늘었지만
이른 아침 먼 길 운전하여
출근합니다

산 위로 먼동이 터오고
잔잔히 달려드는 안개
미소 머금은 소중한 사람 곁에 있지요

이 행복이
계속되기를 간절히 바라는 게
욕심인가요

눈물 핑 돌지만
앞만 바라보며 내색 안 해요
힘들었던 사업에
인생의 동반자 당신이 있어 참 고마워요

—「고마워요」 전문

‘실천적 진리’는 가족에게도 통한다. ‘힘들었던 사업에/ 인생의 동반자’인 아내에게 화자는 ‘고마워요’라고 말한 다. 아무리 힘든 지경에 처해도 가장이 식구의 생계를 책임지고 가정을 지키려고 안달복달하며 최선을 다하는 모습을 지켜보는 화자의 아내도 쉽지는 않았겠지만 믿 고 가정을 꾸리며 함께 지켜내온 동반자이고 동지이다.

사업이 고꾸라져서 하늘이 무너질 것 같은 절망감 속 에서도 희망을 잃지 않고, 화자를 신뢰하고 손발 걷고 함 께 고생하며 견뎌내온 아내는 누구보다도 든든한 후원 자이고 바람막이가 되어준 것이다. 화자가 고난을 이겨 내고 한숨 돌리고 나서 되돌아볼 때 그렇게 함께 해준 아 내가 참 고맙고 눈물겹게 감사한 마음이 들 터이다.

3. 외로움과 그리움의 서정

농막 옆에 낡은 의자
흐려지는 처마 끝
떨어지는 빗방울 따라온
할아버지 목소리

내 고향 가일의 사랑방
할아버지랑 앉아 듣던

댓돌에 떨어져 굴러가던

빗방울 소리

아직도 거기 빗방울 소리
할아버지 목소리 섞여 마당을 맴돌겠지
—「빗소리에 고향이 따라와」 부분

　화자는 '농막' 처마 끝에서 떨어지는 물방울 따라 들리는 소리에 할아버지의 목소리를 듣는다. 외로운 빈자리를 할아버지가 채워주고 달래주는 정겨움이 빗방울 소리에도 배인다. 비애의 현실에 안주하지 않고 대상에 몰입하는 과정이 시인의 시적 서정을 서늘하게 일깨운다. 농막의 빗방울과 어릴 적 고향 할아버지 사랑방 처마 끝에서 떨어지던 빗방울과 닿아서 시인의 기억을 흐르는 물방울의 이미지는 할아버지의 따뜻한 피의 이미지로 현상된다. 고향 댓돌 위 흐르던 빗방울 소리, 먼길 돌아온 농막 처마 끝 빗방울이 연결되고 시공간을 '물' 이미지로 이어진다. 물은 어디에서 있고 어디에나 흐르는 기억과 같다.

마른하늘 쳐다보느라 목이 휘어진다

비가 오려나
기다리는 할아버지
먹구름 몰려오니
어둡던 얼굴의 주름살 펴지고

저 멀리 외딴집에선
수탉들이 소리 높여 울어댄다

장맛비가 올라오는구나
마음만 바쁘고

고향 마루모테에는
지렁이들이 비 냄새를 먼저 안다

—「비설거지」 부분

「비설거지」에서 화자는 비를 하나의 '사건'이 아닌 생의 한 부분으로 바라본다. '마른하늘'은 할아버지의 타는 마음이기도 하다. 마루모테의 먹구름은 반가운 하늘의 손길이고 수탉 울음은 좋은 조짐을 미리 알려주는 나팔 소리이기도 하다. 생은 온전한 형태로 태어나지 않고 마른하늘에 먹구름 피우듯 갑자기 바람이 구름을 몰고 오듯이 좋은 기운은 한꺼번에 오기도 한다. 마루모테의 지렁이는 섬세한 감정을 지닌 시인처럼 섬세한 감각으로 먼저 비가 올 것을 눈치챈다.

청계산자락 모퉁이
별을 심었더니
별밭에 작은 토룡土龍이
별빛 먹고 자란다

물안개 다가와
살갑게 품고
장대비가 내리는 날
엄마 손이 내려와
다정히 손 잡아주신다

다리 걸려 쓰러지고
깡보리밥조차 없어 배곯아
엄마 없는 설움에 울며 자란

강인한 토룡
별의 품에서 다시 깨어난다

눈물과 고통의 껍질 벗고
엄마 손 잡고
천룡天龍이 되어 하늘로 올라간다

─「토룡」 전문

이 시는 모정의 빈자리를 설움으로 채우며 소년기를
보내는 화자가 토룡에서 강인한 천룡으로 거듭나는 모
습을 노래한다. 비록 배곯고 외로운 시기였지만 별을 바
라보며 희망을 품고 물안개, 장대비를 벗 삼아 고통의 시
간을 인내하고 견뎌내는 모습을 보여준다. 어머니 떠난
빈자리를 견디는 외로운 시간은 길고 막막하다. 그런 시
간 중에 만나는 장대비. 장대비를 한없이 쓰다듬는 어머

니의 눈물겨운 손으로 여기고 견디며, 물안개를 어머니
품으로 생각하며 슬픔을 인내하고 성장하는 어린 소년
의 모습이 새겨진다.

웅크린 가슴으로 고인 눈물과 고통의 시간을 털고 천
룡이 되어 어머니를 만나는 꿈을 꾼다. 시의 힘이 이런
데서 느껴진다. '별밭 굼벵이'가 두엄 속에서 '징그러운
모습'을 벗고 '찬란한 날개'를 달고 '울음무지개'를 사방으
로 퍼뜨릴 때 화자도 '두엄 밑바닥'(「굼벵이 하소연」) 같
던 고난의 시절을 떨치고 시원한 목소리로 설움을 씻어
내는 것이다.

4. 통쾌한 긍정과 날카로운 인식

금수저 은수저
못난 흙수저라니

수저라도 들고 있으면 다행이다

입으로만 먹으며 살아온
수저도 없는 사람

눈물로 말아먹고
수저도 빌려먹고 살아냈다

밥이 없으면
수제비
수제비 없으면 물배로 채우고 살아냈다

이 사람아
맨 수저로 살아남는 게 무언지 알기나 하냐
수저 타령이라니

—「맨 수저」 전문

이 시는 '수저'를 통해 삶을 보는 안목을 부드럽게 풍자한다. 하루하루가 어려운 불경기시대에 수저 타령으로 넌지시 해학의 이미지를 보여준다. '흙수저' '금수저' '은수저'는 귀에 익숙하다. 그런데, '맨 수저'라니. 흙수저는 그래도 비빌 '수저'라도 있다는 말이 깔려 있을 것이다. '맨 수저'는 그런 형태조차 없다는 얘기이니 막막하고 기댈 데 없는 상황에 부닥친 화자의 아픔이 가슴에 깊이 녹아 있는 말이다. 그래도 작은 별 하나 품고 살아내는 마음이 있으니 희망이 남아 있는 것이다.

유태승 시인이 삶을 탐구하고 시를 쓰는 무대가 '별밭'이기도 하고 어머니와 함께 한 '소래포구'의 어디이기도 하고, 할아버지와 소와 장터, 그리고 '마루모테' 근처이기도 하다. 화자는 어머니의 부재를 두고 비애를 호소하는 데 그치지 않는다. 현실과 자아의 균형을 찾으려 애쓰며 고향과 별밭을 드나들며 자신의 존재와 자신이 지향하는 지점을 향해 꾸준히 나아가는 시를 쓰고 있다.

뱀이
언제 별밭 다녀갔는지 모르게
허물 벗어놓고 사라졌다

배추 심어놓고
괭이 들고 돌아다니는 나는
이마 주름살이 깊어졌다

마음의 허물 어떻게 벗어야 하나
내게 다가온 고마운 사람
내게 멀어진 아쉬운 사람

할아버지처럼
허허 웃으며 하늘 물끄러미 바라본다

허물 벗고 싶은데
주름만 깊게 늘어간다

— 「허물 벗기가 쉽겠나」 전문

화자는 자신의 허물을 돌아보며 더 나은 자아를 향한 부단한 정신적 성장을 추구한다. 삶을 탐구하는 그의 내면세계는 자신이 갈망하는 탄탄한 자아상을 추구한다.

'허물을 벗'는 행위는 삶의 다음 단계로 넘어가는 고통스러운 통과의례이다. 그런 절차를 겪는 행위는 자신을 묶어두던 욕망과 열망의 껍질을 벗는 과정이고 이를 통해 자아가 해방되는 단계를 밟게 된다. 욕망을 부추기던 허물을 벗는 과정은 부단한 고통을 수반하지만, 그 과정을 통과하면 자유로운 새로운 삶으로 도약하게 된다.

어린 시절에 겪은 어머니와의 사별은 시인의 삶에 큰 심적 변화를 불러왔기에, 그의 시 곳곳에는 어머니에 대한 그리움이 자주 등장한다. 그는 방황하다가도 어머니를 찾아 스스로 일어서고 성장하며 어머니를 애도하다가 다시 어머니를 그리워하는 마음에 눈을 뜨고 오롯이 곧게 자랑스러운 아들로 성장하고자 하는 의지가 발동된다.

그는 방랑하다가 헐벗은 마음을 다시 다잡고 별을 바라보며 어머니가 기대하는 자식으로 성장하고자 자신을 바로 세운다. 끊임없는 외로움과 방황에 북극성 같은 어머니별이 자신을 잡아주기에 아들의 영혼은 다시 차분해지고 자랑스러운 모습으로 거듭난다. 삶은 그렇게 허물을 벗고 또 벗으며 자신을 탈피해 가는 과정에 있다. 시집『흔들리며 핀 꽃』을 읽으면 그의 시 곳곳에서 그렇게 허물을 벗는 모습을 거듭 목격하게 된다.

5. 부단한 자기 단련으로 다시 일어서는 힘

피안으로 가는 길은 간단하지 않다. 비극은 비극으로 끝나지 않고 희망을 낳고 그 희망을 잡고 가게 마련이다. 그것은 진정한 자신으로 태어나기 위한 끝없는 탐구와 방황과 깨달음 속에서 비롯되고 잉태되고 발육하며 성장해간다.

고통이 반복하는 것 같지만 고통 속에서 더 다듬어지고 더 단단해지고 번데기를 벗듯이 허물을 벗고 새로워지는 과정을 시시때때로 경험하는 것이다. 급속히 이뤄지기도 하고 참으로 견딜 수 없을 정도로 느리게 진행되기도 한다. 소박한 희망과 거대한 열망 사이에 스며드는 따뜻함과 불화, 불만이 엄습하기도 하고 불청객으로 다가오기도 한다.

그런데도 가족, 친구, 지인을 통해서 실낱같은 도움, 친절, 칭찬의 작은 세례를 받아 깨어진 상처는 아물고 설움의 시간이 달콤하게 익어서 문득 광야에 홀로 우뚝 서게 되는 것이다.

수없이 짓밟혀도
땅바닥에 온 팔 벌려 버팅기며
꽃대 하나 바로 세운다

—「민들레 함성」 부분

화자는 '수없이 짓밟히고' 수많은 역경을 만나지만 스스로 힘을 내어 작은 '꽃대 하나' 세우는 일에 집중하며 벽을 허물며 일어선다. 깨지고 부서지는 황막한 지경에서도 자신을 긍정하고 북돋워 생생히 다시 일어서는 힘은 부단한 자기 단련에서 솟아나는 힘이고 긍정은 그 힘의 원천이 되어주고 있다.

유태승 시인은 시집을 통해 그가 시인으로, 한 사업가

로, 한 남편으로 살아온 모습을 여러 모로 시와 함께 잔
잔히, 때로는 굵고 선연하게 드러내 주고 있다. 체념을
경계하고 진정한 자신만의 체험을 통해 자신을 끊임없
이 일깨우는 성실함을 유지하는 자세를 보여준다. 자신
의 고통을 관통하며 적은 삶의 편편을 담은 시집『흔들
리며 핀 꽃』을 읽게 되어 독자의 한 사람으로 심히 반갑
고 기쁘다.

흔들리며 핀 꽃

지은이_ 유태승
펴낸이_ 조현석
펴낸곳_ 북인
디자인_ 푸른영토

1판 1쇄_ 2026년 02월 17일
출판등록번호_ 313 - 2004 - 000111
주소_ 121 - 842 서울 마포구 서교동 460 - 34, 501호
전화_ 02 - 323 - 7767
팩스_ 02 - 323 - 7845

ISBN 979-11-6512-520-2   03810
ⓒ유태승, 2026